QUERIDOS AMIGOS Y AMIGAS ROEDORES, OS PRESENTO A

LOS COSMORRATONES

¡AVENTURAS SUPERRATÓNICAS, EN EL ESPACIO INFINITO!

QUERIDOS AMIGOS Y AMIGAS ROEDORES,

¿OS HABÍA DICHO ALGUNA VEZ QUE SOY UN GRAN APASIONADO DE LA CIENCIA FICCIÓN? SIEMPRE HE DESEADO ESCRIBIR AVENTURAS INCREÍBLES, AMBIENTADAS EN OTRA DIMENSIÓN... PERO ¿ACASO EXISTEN LOS UNIVERSOS PARALELOS?

SE LO PREGUNTÉ AL PROFESOR VOLTIO, EL CIENTÍFICO MÁS FAMOSO DE LA ISLA DE LOS RATONES, Y ¿SABÉIS QUÉ ME RESPONDIÓ?

ME DIJO QUE, SEGÚN ALGUNOS CIENTÍFICOS, NO EXISTE UNA SOLA DIMENSIÓN, ES DECIR, ÉSTA EN LA QUE VIVIMOS, SINO MUCHAS DIMENSIONES EN LAS CUALES TODO ES POSIBLE.

¡AH, CÓMO ME GUSTARÍA ESCRIBIR UNA AVENTURA DE CIENCIA FICCIÓN EN LA QUE MI FAMILIA Y YO VIAJAMOS POR EL COSMOS EN BUSCA DE UNIVERSOS PARALELOS! YA ME IMAGINO MI SUPERRATÓNICA TRIPULACIÓN: ¡LOS COSMORRATONES!

LA DIVERSIÓN SERÍA... ¡GALÁCTICA! ¡PALABRA DE HONOR DE ROEDOR!

PROFESOR
VOLTIO

LOS COSMORRATONES

GERONIMO STILTONIX

TRAMPITA STILTONIX

TEA STILTONIX

ABUELO TORCUATO

ROBOTTIX

BENJAMÍN STILTONIX Y PANDORA

LA RAT GALAXY

¡ES LA ASTRONAVE DE LOS RATONES, SU CASA, SU REFUGIO!

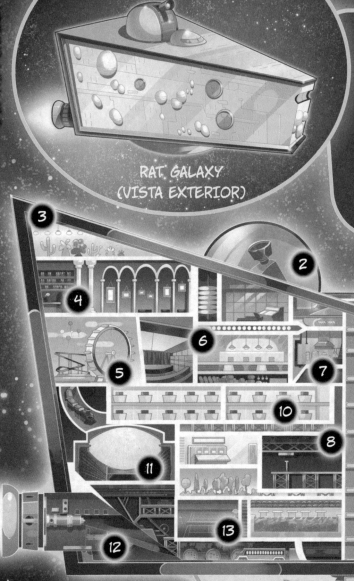

RAT GALAXY
(VISTA EXTERIOR)

Geronimo Stilton

LA EXTRATERRESTRE Y EL CAPITÁN STILTONIX

DESTINO

Este libro es para Kai... que escribe libros maravillosos...
de Geronimo Stilton, ¡su amigo!

Textos de Geronimo Stilton
Inspirado en una idea original de Elisabetta Dami
Diseño original del mundo de Los Cosmorratones de Flavio Ferron
Cubierta de Flavio Ferron
Ilustraciones de Giuseppe Facciotto *(diseño)* y Daniele Verzini *(color)*
Diseño gráfico de Chiara Cebraro

Título original: *Un'aliena per il capitano Stiltonix*
© de la traducción: Manel Martí, 2014

Destino Infantil & Juvenil
infoinfantilyjuvenil@planeta.es
www.planetadelibrosinfantilyjuvenil.com
www.planetadelibros.com
Editado por Editorial Planeta, S. A.

© 2013 - Edizioni Piemme S.p.A., Corso Como 15, 20154 Milán - Italia
www.geronimostilton.com
© 2014 de la edición en lengua española: Editorial Planeta, S. A.
Avda. Diagonal, 662-664, 08034 Barcelona
Derechos internacionales © Atlantyca S.p.A., Via Leopardi 8, 20123 Milán - Italia
foreignrights@atlantyca.it/www.atlantyca.com

Primera edición: junio de 2014
ISBN: 978-84-08-12787-1
Depósito legal: B. 10.833-2014
Impresión y encuadernación: Unigraf, S. L.
Impreso en España - Printed in Spain

El papel utilizado para la impresión de este libro es cien por cien libre de cloro y está calificado como **papel ecológico**.

SI PUDIÉRAMOS VIAJAR EN
EL TIEMPO Y EL ESPACIO...

SI EN LA OSCURIDAD DE
LA GALAXIA MÁS LEJANA
NAVEGASE UNA ASTRONAVE
TRIPULADA ÚNICAMENTE
POR RATONES...

Y SI EL CAPITÁN DE LA
ASTRONAVE FUERA UN RATÓN
INTRÉPIDO AUNQUE
ALGO PATOSO...

... ENTONCES ¡ESE RATÓN
SE LLAMARÍA
GERONIMO STILTONIX!

¡Y ÉSTAS SERÍAN
SUS AVENTURAS!

UN RUIDO RARO, RARO, RARO...

Todo comenzó una tranquila tarde estelar, en la **RAT GALAXY**, la astronave de los Cosmorratones. Yo estaba en mi cabina, trabajando en mi nuevo **libro**, cuando de pronto ¡oí un ruido raro, raro, raro!

¡GRUBBL!

Al instante grité:

—¡Por mil quesos de bola lunares! ¿Qué ha sido eso? ¿Un **INVASOR** marciano? ¿Un caracoloide alienígena que se ha colado por un ojo de buey? ¿Un **BLUBOIDE** carnívoro evadido de la jungla plutoniana?

¡Los bigotes me zumbaban del canguelo!

Miré debajo de la cama...
¡NADA!
Entonces busqué tras
las cortinas... ¡tampoco
NADA! A continuación,
inspeccioné el escritorio...
¡NADA allí tampoco! Sólo
estaban las notas para mi
libro: *La gran novela de
las aventuras espaciales
de los Cosmorratones...*
Pero... disculpadme, to-
davía no me he presentado,
¡mi nombre es Stiltonix,
Geronimo Stil-
tonix! Soy el capitán de
la Rat Galaxy, la ASTRO-
NAVE más superrató-
nica de todo el universo

DEBAJO DE LA CAMA...

DETRÁS DE LA CORTINA...

DEBAJO DEL ESCRITORIO...

(¡aunque, en realidad, mi verdadero sueño es ser un famoso escritor!).

En resumen, como decía, **MIRÉ** por todas partes, incluso detrás de la puerta, debajo de la alfombra, en la estantería... pero no había nada, ¡lo que se dice **NADA** de **NADA** de **NADA**!

Pensé que quizá me había equivocado, que tal vez sólo me había imaginado ese ruido... Pero de pronto... ¡allí estaba de nuevo!

¡GRUBBL!

Y otra vez...

¡GRUBBL! ¡GRUBBL!

Y otra vez más...

¡GRUBBL! ¡GRUBBL! ¡GRUBBL!

Esta vez estaba completamente seguro: lo había oído de verdad y... ¡provenía de mi estómago!

En ese momento me di cuenta de que, en efecto, ¡tenía un **HAMBRE CÓSMICA**!

¡Por eso me **RUGÍA** el estómago!

Tenía que hincarle el diente a algo de inmediato... ¡**QUESO**, por ejemplo! Corrí hacia el frigorífico de mi cabina, pero en cuanto lo abrí me quedé pasmado: ¡ESTABA VACÍO!

¡Me había acabado todo el queso!

¡POR MIL GALAXIAS DESORBITADAS!

¡No quedaba ni una triste corteza para merendar! Entonces activé el **COMUNICADOR DE PULSERA** y llamé a mi hermana Tea:

—¡Hola, hermanita, tengo un problema, se me ha acabado el queso! ¿Por casualidad no tendrías un poco de queso de cabra para darme? ¿O un tran-

TEA, ¿TENDRÍAS UN TRANCHETE?

¿GER?

chete MARCIANO? ¡También serviría un queso de bola de Solaris! En resumen, Tea, ¡tengo un HAMBRE ESTELAR!

Y, como para confirmar mis palabras, de mi estómago surgieron unos tremendos

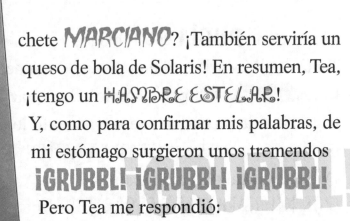

¡GRUBBL! ¡GRUBBL! ¡GRUBBL!

Pero Tea me respondió:

—Lo siento, Geronimo, me he acabado la última loncha de gruyere hace un mo-

mento, para la MERIENDA... —Y a continuación me sugirió—: ¿Por qué no te acercas al Cosmo-Ñam, el restaurante de SQUONZ? A esta hora seguro que ya está abierto...

Le di las gracias por el consejo y SALÍ hacia allí de inmediato.

El restaurante de Squonz, el cocinero de la nave, estaba a unos pocos corredores de mi cabina. Me di toda la prisa que pude, casi corrí, pero al doblar la esquina... ¡me encontré ante una larga cola de seres de estómago RUGIENTE!

—¡NO ES POSIBLE!

—No es justo, hacer esperar tanto a la gente...

—¡TENGO UN HAMBRE ESPACIAL!

Luego pregunté al roedor que tenía más cerca:

—Perdone, ¿qué sucede? ¿Cómo es que Squonz no ha abierto todavía?

Justo en ese momento, SQUONZ EL COCINERO apareció en la puerta, sosteniendo un gran cartel entre sus pinzas:

¡CERRADO: SE HAN AGOTADO LAS EXISTENCIAS DE QUESO!

¿¡¿QUÉQUÉQUÉ?!?

¡¿Que Squonz había agotado las existencias de queso?!

Entonces tuve una idea superratónica y corrí hacia el **GALAXY-MARKET**, pero... ¡también estaba **CERRADO**!

¡Se habían quedado sin existencias de queso!

Y lo mismo en la Galaxy-Pastelería, en la Galaxy-Charcutería y en la Galaxy-Distribuidora...

¡Todos habían cerrado por **FALTA** de existencias de queso!

Pero ¡¿cómo era posible que en toda la nave no hubiera ni siquiera una simple **CORTEZA DE QUESO**?!

¡EMERGENCIA...
DE QUESO!

Muerto de hambre, corrí al **PUENTE DE MANDO** con la esperanza de que mi primo Trampita estuviese allí.

¡Trampita **SIEMPRE** lleva consigo la cesta de la merienda! ¡Y sus bolsillos **SIEMPRE** están llenos de tentempiés al queso! ¡Y sus mandíbulas **SIEMPRE** están masticando algún bocadito de queso!

Pero cuando entré en el puente de mando, Trampita me dijo DESESPERADO:

—Ger, ¿has traído algo de picar? Se me han acabado las provisiones y en la **RAT GALAXY** ya no queda ni una corteza de queso...

—Hum... en realidad... no —respondí.

—Nos hallamos ante una auténtica... ¡EMER-GENCIA DE QUESO! —aulló mi primo. En ese instante, el holograma* de color quesito del HOLOGRAMMIX, el súper-mega-híper-sofisticado ordenador de a bordo, se materializó a poca distancia de mi hocico, repitiendo sin cesar:

—¡ALERTA AMARILLA! ¡ALERTA AMARILLA! ¡ALERTA AMARILLA!

HOLOGRAMMIX
ORDENADOR DE A BORDO
DE LA RAT GALAXY

GÉNERO: INTELIGENCIA
ARTIFICIAL ULTRA-AVANZADA.
ESPECIALIDAD: CONTROLA TODAS LAS FUNCIONES
DE LA ASTRONAVE, INCLUIDO EL PILOTO AUTOMÁTICO.
CARÁCTER: SE CREE IMPRESCINDIBLE.
UNA PARTICULARIDAD: APARECE CUANDO QUIERE Y DONDE
QUIERE.

—¡Ah, Hologrammix, entonces tú también sabes que se ha acabado el **QUESO** en la astronave! ¡Tenemos que hacer algo! —dije.

Pero Hologrammix me respondió:

—Capitán, el reaprovisionamiento de esa sustancia de efluvios MALOLIENTES, a la que los ratones llamáis queso no me concierne... yo me he puesto en contacto contigo por asuntos más importantes...

¡POR MIL QUESOS DE BOLA LUNARES, acababa de hacer el ridículo! Pero, ¿qué podía haber más importante que las **PROVISIONES** de queso? Fuera como fuese, decidí escuchar a Hologrammix, que siguió diciendo:

—¡Acaba de llegar un videomensaje urgente de una **NAVE ALIENÍGENA** en apuros!

Hologrammix hizo aparecer el mensaje, proveniente de la nave **AVERIADA** en la megapantalla de la sala de mando.

En la pantalla aparecieron dos extraños seres de otro planeta, con **TRES OJOS** cada uno y una larga trompa.

Uno de los dos alienígenas, a rayas azules, dijo mientras agitaba inquieto su trompa:

—¡ATENCIÓN! ¡ATENCIÓN! ¡ATENCIÓN! Mensaje muy urgente para todas las astronaves que estén navegando por esta galaxia... ¡Nuestra NAVECILLA ha dejado de funcionar, a causa de una avería!

El otro, con lágrimas en sus tres ojos, imploró:

—¡VENID A SALVARNOS!

Y a continuación explicaron:

—Somos el sargento Nik y el cabo Nok y venimos del lejano planeta **FLURKON**... Vamos a la deriva en pleno espacio cósmico... Por favor, en nombre de la fraternidad estelar... ¡AYUDADNOS!

Yo grité:

—**¿Qué qué qué?** ¿Una nave alienígena en problemas? ¿Una petición de socorro? ¡Tenemos que intervenir! ¡En seguida, no…, *INMEDIA-TAMENTE*! ¡Localizad la nave, partimos en...

MISIÓN
DE SALVAMENTO
EXTRATERRESTRE!

¡ROJO COMO UN TOMATE DE URANO!

Unos minutos más tarde, llegamos hasta la nave averiada e invitamos a los dos alienígenas a subir a bordo de la RAT GALAXY.

Los recibí con estas palabras:

—¡Bienvenidos, hermanos de un LEJANO planeta! Tened la certeza de que haremos lo posible para reparar vuestra nave y…

En ese momento, mi estómago hizo ¡GRUBL!

¡No pude evitarlo y me puse colorado como un **TOMATE** de Urano!

El más alto de los EXTRATERRESTRES agitó su trompa y dijo:

—Es un verdadero placer, capitán, yo soy el sargento NIK…

El otro explicó:

—Y yo soy el cabo **NOK**...

¡YO SOY NIK...

Y YO NOK!

Luego, ambos dijeron a coro:

—¡Venimos del lejano planeta Flurkon!

Yo no sabía si mirarlos al ojo **DERECHO**, al **IZQUIERDO** o al del **CENTRO**.

Y, además, ¿tenía que estrecharles la pata o la trompa?

¡POR MIL UNIVERSOS EN EXPANSIÓN, nunca se me ha dado muy bien el protocolo con los alienígenas!

Por suerte, **NIK** y **NOK** dijeron al unísono:

—¡Estábamos llevando a cabo una misión ultrasecreta, por encargo de nuestra **REINA**! Pero

¡la misión ha fracasado, porque nuestra nave se ha estropeado!

DE PRONTO, oí que alguien decía:

—Capitán, permítame echarle una ojeada a los motores de la nave alienígena…

Me volví y VI a una roedora fascinante, con una ondulada melena de color lila y la sonrisa más resplandeciente de todas las galaxias… Era *Allena*, la oficial técnica de a bordo. ¡Ella es quien se encarga de los motores de la **RAT GALAXY**!

Luego, Allena se dirigió a Nik y Nok:

—Tal vez pueda reparar la avería…

Nik dijo:

—Sería muy amable por su parte…

Allena hizo una rapidísima inspección de la NAVE flurkoniana y después regresó con su VEREDICTO:

—Lo siento mucho, pero ¡la nave tiene un agujero en el depósito y ha perdido todo el combustible! Éste es una SUSTANCIA EXTRAÑA que no he logrado identificar…

Al oír esas palabras, de los ojos de Nik y Nok empezaron a brotar unas TRISTÍSIMAS lágrimas alienígenas y ambos GIMIERON a coro:

—Pobres de nosotros… ¿Cómo haremos para regresar a nuestro amado planeta Flurkon?

Yo les dije:

—¡No os preocupéis, nosotros os llevaremos de vuelta a casa! ¡Venga, pongamos rumbo al planeta FLURKON!

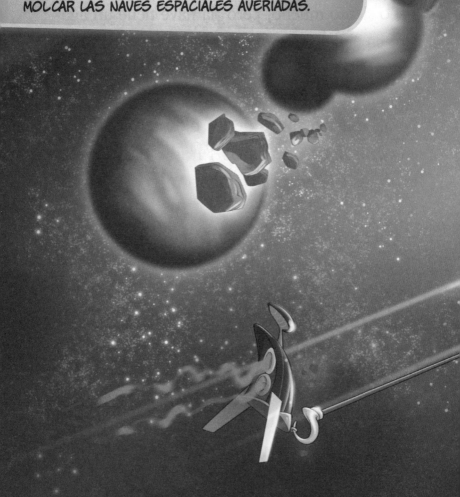

De la Enciclopedia Galáctica
EL GANCHO AGARRALOTODO

COMO TODO EL MUNDO SABE, CUALQUIER ASTRO-
NAVE ESTELAR QUE SE PRECIE, VA PROVISTA DE UN
GANCHO AGARRALOTODO CON EL QUE PODER RE-
MOLCAR LAS NAVES ESPACIALES AVERIADAS.

RUMBO AL PLANETA FLURKON...

Mientras nos **ACERCÁBAMOS** al planeta Flurkon, observé a Nik y Nok. A ratos parecían ALEGRES y decían:

—¡Qué bien, volvemos a casa!

Pero de repente se ponían tristes y se lamentaban:

—Pobres de nosotros, seremos **ARROJA-DOS** al Flurk...

—Entonces, ¿no estáis contentos de REGRE-SAR a vuestro planeta? —les pregunté.

Y ellos me respondieron a coro:

—Sí, estamos contentos de volver a Flurkon, allí tenemos nuestra casa, nuestra familia, nuestros amigos... Pero ¡no queremos que nos arrojen al **FLURK**!

—¿QUÉ ES EL FLURK? —pregunté.

Nik y Nok me respondieron entre sollozos:

—El Flurk es... ¡el TERRIBLE Flurk!

Yo estaba bastante desconcertado...¡Pues menuda explicación!

Cuando entramos en la órbita del planeta Flurkon, le dije a mi hermana Tea:

—¡Rápido, prepara la NAVE de desembarco!

Pero entonces intervino Allena y propuso:

—Capitán, creo que ésta sería una excelente ocasión para probar el novísimo... ¡Teletransportix!

¡Sentí cómo me ZUMBABAN los bigotes del canguelo! No soporto la palabra *probar*... ¡siempre es sinónimo de *meterse en problemas*!

Yo soy un ratón al que le gusta la seguridad, ¡y las novedades me suelen poner el PELLEJO de punta! Pero no quería quedar mal ante Allena ni la tripulación, así que dije:

—¿Queréis PROBARLO? ¡Pues adelante!

Subí a la plataforma del **TELETRANSPORTIX**, junto con el sargento Nik y el cabo Nok.

Ya estábamos a punto de partir, cuando mi hermana Tea llegó *CORRIENDO* y dijo:

—¡Geronimo, yo también voy, quiero fotografiar este planeta desconocido para mi nuevo álbum **«Imágenes de las Galaxias»**!

Y entonces llegó mi primo Trampita:

—¡Geronimo, yo también voy, quiero probar todas las *recetas alienígenas* para mi programa «Boaditos espaciales»!

A continuación, llegó el **PROFESOR PHILLUS**, nuestro científico de a bordo, y anunció:

—¡Geronimo, yo también voy! Quie-

¡YO TAMBIÉN VOY!

ro estudiar ese extrañísimo **carburante extraterrestre** y la vegetación del planeta Flurkon…

Finalmente, aparecieron mi sobrinito Benjamín y su amiga Pandora.

Benjamín dijo muy tímido:

—Tiíto, tenemos que hacer un trabajo para la escuela, ¿podemos ir nosotros también al planeta alienígena? Por favor… Seremos muy, **muy buenos** y haremos todo lo que nos digas…

Dejé que me convencieran para llevarlos conmigo y nos situamos todos juntos en la plataforma del TELETRANSPORTIX.

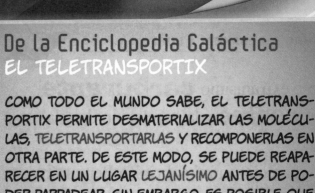

De la Enciclopedia Galáctica
EL TELETRANSPORTIX

COMO TODO EL MUNDO SABE, EL TELETRANS-
PORTIX PERMITE DESMATERIALIZAR LAS MOLÉCU-
LAS, TELETRANSPORTARLAS Y RECOMPONERLAS EN
OTRA PARTE. DE ESTE MODO, SE PUEDE REAPA-
RECER EN UN LUGAR LEJANÍSIMO ANTES DE PO-
DER PARPADEAR. SIN EMBARGO, ES POSIBLE QUE
EN EL PROCESO DE TRANSFERENCIA DE LAS
MOLÉCULAS SE PIERDA ALGO, COMO UN BIGOTE
O LA PUNTA DE LA COLA... ¡¡¡AAARG!!!

¡NOSOTROS TAMBIÉN ESTAMOS PREPARADOS!

¡TELETRANSPORTIX LISTO!

¡COMO MUCHO, PERDERÁ... ALGÚN PELO DEL BIGOTE!

Allena ajustó el CUADRO DE MANDOS.

—Ahora —les explicó, a continuación—, sus moléculas se descompondrán en MINÚSCULAS partículas, que serán transferidas por el Teletransportix hasta el planeta alienígena. Una vez allí, deberían RECOMPONERSE exactamente igual que ahora.

Yo pregunté:

—¿Qué quieres decir con... *deberían*?

Allena se atusó el pelo y dijo despreocupada:

—Bueno, ya me entiende: se recompondrán... o eso espero... De todos modos, no debe preocuparse, capitán, ¡estoy PRÁCTICAMENTE CASI segura de que funcionará!

—¿Estás segura segura segura, o sólo... *prácticamente casi* segura? —insistí yo.

—Verá, dicho en pocas palabras, las MOLÉCULAS son pequeñas, y a tanta distancia podría haber una diminuta dispersión celular... ¡Como mucho, perdería algún pelo del bigote! —respondió ella.

—¿Cómo cómo cómo? —grité yo—. ¿Dispersión celular? ¡Yo les tengo mucho cariño a mis células... y también a mis bigotes!

—¡No se preocupe, capitán —resopló Allena—, le digo que el TELETRANSPORTIX funciona! Y ahora, desea bajar al planeta alienígena, ¿sí o no?

—Bueno, sí, pero...

Entonces, ella dijo **imperativa**:

—Bien, pues entonces súbase a la plataforma... Y dicho esto, pulsó una serie de botones y preguntó con voz resuelta:

—¿Listos para ser TELETRANSPORTADOS?

A decir verdad, yo no me sentía demasiado a punto, porque... **PRIMERO**: ¡nunca antes había sido teletransportado!

SEGUNDO: ¡aquella historia de las células descomponiéndose, me ponía el pellejo de punta!

TERCERO: ¡les tengo apego a mis bigotes!

Pero como que soy el capitán y tengo que dar siempre buen ejemplo, respondí titubeante:

—Ejem... ¡yo estoy listo!

Y todos los demás me hicieron eco:

—**¡ESTAMOS LISTOS!**

Allena sonrió satisfecha y accionó los mandos.

Al instante, experimenté un extraño hormigueo en la cola...

Y un extraño **escalofrío** a lo largo de la espalda...

Y un extraño *torbellino* en la cabeza...

¡Me sentía sacudido como un batido de nata y queso fresco de Urano! Cerré los ojos, confiando en que todas mis moléculas se **RECOMPUSIESEN** exactamente en su sitio.

Y cuando volví a abrirlos... ¡ya estábamos en el **PLANETA ALIENÍGENA**!

Lo primero que vi fue un gigantesco **VOLCÁN**, que expulsaba sin parar una lava amarillenta.

Sin embargo, todo estaba **RODEADO** de verdes campos, en los que crecían unas extrañas **PLANTAS**.

En seguida salió a nuestro encuentro un grupo de alienígenas, casi idénticos a **NIK** y **NOK**. Las mismas orejas de soplillo, la misma trompa,

los mismos **OJOS** (¡tres por cabeza, por supuesto!). En el centro del grupo había una extraterrestre que llevaba en la cabeza una corona de oro, con una piedra preciosa verde **esmeralda**.

En la mano derecha sostenía un cetro también de oro, con otra gran piedra verde. Nik BALBUCEÓ, acongojado:

—Ésa es nuestra reina…

Y Nok añadió:

—La reina Esmeráldika…

Y ambos, al mismo tiempo, empezaron a temblar como hojas:

—¡Pobres de nosotros, ahora ordenará que nos arrojen al **FLURK**!

Efectivamente, la reina estaba muy seria. Se aproximó a grandes zancadas, sin dejar de observar con sus tres inmensos ojos a los **POBRE-CILLOS** Nik y Nok, que se arrodillaron ante ella.

—¿Habéis llevado a cabo vuestra misión secretísima, **HOLGAZANES**?

Nik y Nok no se atrevían a alzar la vista. Se limitaron a murmurar, con la trompa baja:

—Ejem... por desgracia, no, la nave... ¡se ha averiado! El **carburante**... se agotó. ¡Por favor, alteza, no ordene que nos arrojen al Flurk!

La reina **MONTÓ** en cólera y les espetó:

—¡Vaya, ya sabía yo que erais unos mentecatos! No queréis ser arrojados al **FLURK**, ¿verdad? ¡Pues justamente eso mismo es lo que os sucederá, por ser incapaces de cumplir vuestra misión **ULTRASECRETA**!

Yo no sabía qué hacer. No quería vulnerar el protocolo espacial entrometiéndome en sus asuntos, pero tampoco deseaba que los pobres **NIK** y **NOK** acabaran siendo arrojados al Flurk (¡aunque no sabía muy bien qué era eso!). No soporto que **MALTRATEN** a nadie.

De modo que, procurando mostrarme lo más educado posible, dije:

—Alteza, permitid que me presente, mi nombre es Stiltonix, Geronimo Stiltonix, y soy el capitán de la nave Rat Galaxy, ¡la astronave de los Cosmorratones! Quisiera hacerle una petición.

La reina ESMERÁLDIKA me miró con sus tres ojazos de largas pestañas y, para mi sorpresa... ¡sonrió!

¿ESTÁS LIBRE?
¡QUÉ BIEN!

Esmeráldika **agitó** la oreja izquierda con gesto picarón, como si fuese un abanico.

A continuación, me tomó del brazo y me dijo con voz coqueta:

—Pero **¡qué capitán tan apuesto!** ¿Pretendías decirme algo, Geronimik…? Puedo llamarte Geronimik, ¿verdad?

Yo respondí, azorado:

—Pues claro, ALTEZA…

Ella prosiguió:

—¡Qué mono eres, Geronimik! Dime, ¿estás... *casado*?

Entonces, incauto de mí, contesté:

—Ejem… no.

La reina parpadeó con sus tres **OJAZOS**, formó un corazón con su trompa y sonrió…

—¡Bien! ¡Ji, ji, ji! Qué suerte…

Tuve una terrible sospecha: ¡por lo visto, la reina se había **enamorado de mí**!

Traté de hacer como si nada, me aclaré la garganta y dije:

—Alteza, os ruego que PERDONÉIS al sargento Nik y al cabo Nok…

Ella movió distraídamente las OREJAS.

No parecía muy interesada en Nik y Nok…

Me miraba muy atenta
con sus tres **OJOS**.
Yo estaba confuso,
porque me sentía…
¡observado! Y, sobre
todo, ¡porque no sabía...
a cuál de sus ojos
debía mirarla!

Pero por la manera en que me observaba, ¡cada vez **SOSPeChaba** más que se había enamorado de mí!

Esmeráldika dejó caer coquetonamente las orejas sobre los hombros, como si fuesen un mantón, y dijo:

—Escúchame, apuesto **capitán** que surcas el espacio con tu nave, no logro entender por qué te interesan tanto este par de *mentecatos*. ¡Nik y Nok merecen ser arrojados al Flurk! Pero en vista de que eres tan **mono**... ¡he decidido perdonarlos! ¡Pero que conste que sólo lo hago porque me lo pides TÚ!

Al oír estas palabras, los pobres Nik y Nok lanzaron un **SUSPIRO** de alivio, y por fin sonrieron.

Entonces, acto seguido, ambos me susurraron agradecidos:

—¡Muchas gracias, capitán Stiltonix! Siempre estaremos en deuda con usted…

Pero no me dio tiempo a responder, porque **ESMERÁLDIKA** me sujetó… ¡con su trompa! y se colgó de mi brazo.

¡POR MIL MINIPLANETAS FUERA DE ÓRBITA! ¡Mis sospechas eran acertadas! ¡Se había enamorado de mí!

—Entonces, apuesto capitán, ¿te apetecería dar un paseo? —me preguntó la reina, con voz *melosa*—. Ya verás, mi hermoso planeta te GUSTARÁ tanto que no querrás irte de aquí…

Procurando no **ofenderla**, respondí:

—Os lo agradezco, Alteza, estoy seguro de que Flurkon es bonito, pero ¡tenemos que regresar a nuestra ASTRONAVE!

Ella puso el ojo de en medio en blanco y luego enarcó las **CEJAS** de los otros dos.

—¿Cómo? ¿Ya te quieres ir? ¡De eso nada! Voy a organizar un gran banquete en tu honor, después te **MOSTRARÉ** mi castillo, a continuación me pedirás en *matrimonio* y después... ¡ya veremos!

Yo balbuceé:

—¿Y si no...?

Ella respondió sin titubear:

—¡Si no, os arrojaré a todos al **FLURK**! Pero no será necesario, ¿verdad, Geronimik? Y ahora, dime lo mucho que **te gusto** y que nunca habías visto tres ojos como los míos...

UN AROMA QUE ME
RESULTABA FAMILIAR...

A esas alturas, ya estaba arrepentido de haber permitido que Benjamín y Pandora DESCEN-DIERAN al planeta Flurkon con nosotros. ¿Y si la reina decidía arrojarnos a todos al Flurk?

—¡Primo, la idea de un banquete no está nada mal! —me SUSURRÓ Trampita.

¡En efecto, aún no habíamos merendado!

—¡Geronimo, debemos esperar que se presente la ocasión propicia para *ESCAPAR*! —añadió Tea.

Por lo tanto, seguimos a la reina hasta el palacio real. Durante el camino, ella no me quitó la vista de encima ni un segundo. ¡Con ninguno de sus tres ojos!

El **PALACIO REAL** estaba en la cima de una colina, rodeado de campos de cultivo. Tenía un extraño color amarillo quesito y desprendía un aroma que me resultaba **familiar**...

Esmeráldika estaba contentísima de mostrarme las plantas que cultivaban en los campos y exclamó con orgullo:

—¿Has visto qué bien han crecido este año las plantas de **SKRiKKE**? Ya están listas para ser cosechadas... ¿Sabes?, en verano siempre celebramos la Fiesta de la Skrikke. Cantamos, *bailamos*, comemos **SKRiKKE** recién cortadas... Capitán, a ti te gustan las skrikke, ¿no es así?

Yo respondí con vaguedad:

—¿Las skrikke? Ejem, nunca las he probado, pero... ¡estaría encantado de **hacerlo**!

Esmeráldika abrió de par en par sus grandiosos ojos, perpleja:

—¿*Nunca* has comido skrikke?

53

Luego se volvió hacia los alienígenas de su séquito y les dijo:

—¿Lo habéis oído? ¡Geronimik nunca ha probado las SKRIKKE! ¿No os parece gracioso?

Para complacerla, los extraterrestres de la corte se rieron y contestaron al unísono:

—¡MUY MUY MUY gracioso, Alteza!

Sólo hubo uno que no se rió. Parecía alguien IMPORTANTE, pues sostenía un largo bastón. Era alto y fornido, y sus tres ojos me MIRABAN de un modo que no presagiaba nada bueno.

Pero la reina parecía no darse cuenta: ¡SÓLO TENÍA OJOS PARA MÍ!

Entonces, Esmeráldika me declaró a media voz:

—¡Qué tierno eres, Geronimik! ¡Aunque nunca hayas probado las SKRIKKE, te adoro igual! Pero ya verás, ¡en cuanto las saborees... te gustarán con locura! ¡Los flurkonianos no comemos otra cosa!

Por cortesía, yo le respondí:

—Hum, seguro que *me gustarán*. Por cierto, hoy no he podido merendar y tengo un poco de gazuza...

Justo en ese instante, mi estómago hizo:

¡GRUBBL! ¡GRUBBL! ¡GRUBBL!

Pero ¡por todos los anillos de Saturno, menudo papelón!

No obstante, Esmeráldika se rió al tiempo que agitaba la trompa.

—¡Uy, cuánta hambre tiene la barriguita de mi **tesorito**... No te preocupes, dentro de poco tendremos todas las skrikke que queramos!

Mi hermana Tea me susurró al oído:

—¡Realmente eres un rompecorazones, Geronimo! ¡La **REINA** está coladita por ti!

Y Trampita masculló:

—No sé qué ven en ti, primo... pero ¡si yo estoy mucho más en forma!

¡POR TODOS LOS SATÉLITES DE VEGA!

¡Me habría gustado cambiarme con Trampita!
En ese momento, Phillus me susurró:

—Capitán, en cuanto a las plantas de SKRIKKE, las estoy analizando...

Pero no pudo terminar la frase, porque la reina ESMERÁLDIKA acercó su trompa a mi oreja y gritó:

—¿Qué me dices, Geronimik, te gusta mi palacio?

Ante nosotros se alzaba un imponente castillo amarillo, con su puente levadizo y un sinfín de **banderas** ondeando en las torres.

Y un aroma que... ¡me resultaba familiar!

¡QUIERO VOLVER
A MI ASTRONAVE!

En cuanto entramos, nos condujeron a la sala de banquetes. ¡Me quedé maravillado de tanto lujo! Había una larga mesa, altas columnas talladas, refinadas esculturas, muchos cuadros, espejos y techos pintados.

Pero todos los objetos parecían hechos del mismo **EXTRAÑO** material con que estaba construido el castillo. Una sustancia amarilla como... ¡el QUESO!

Esmeráldika me miró fijamente con sus tres ojos, hizo aletear sus pestañas y agitó su trompa ante mi hocico, despeinándome el bigote.

—Mi adorado Geronimik, ¿puedes esperarme aquí un instante? Tengo que ir a ver al cocinero y explicarle que el banquete de skrikke tiene que ser de *EXCEPCIONAL CALIDAD*, con skrikke aderezadas de todas las formas imaginables... —Después añadió, despreocupadamente—: ¿Sabes?, si no lo amenazo con **ARROJARLO** al Flurk, el cocinero cocina mal... Pero ¡no te preocupes, mientras yo esté ausente te hará compañía mi **GRAN CONSEJERO**!

Y dicho esto, gritó:

—Muskolik, Gran Consejero de la Orden de la Skrikke, ¡ven aquí! Te ordeno que le hagas compañía a mi apuesto capitán espacial y a sus amiguitos. ¡Volveré en seguida!

MUSKOLIK, el Gran Consejero, era el tipo alto y **MUSCULOSO**, y me había mirado mal desde el principio.

Sus tres ojos me lanzaron una mirada suspicaz. Sin embargo, se inclinó ante la **REINA** y dijo:

—¡Por supuesto, queridísima Alteza, amadísima reina Esmeráldika, vuestros **DESEOS** son órdenes para mí!

Yo no veía la hora de que la reina se marchase, para poder organizar la fuga.

¡Ansiaba volver a la **RAT GALAXY**!

De modo que dije a Tea en voz baja:

—Pssst… Tea, ¿funciona tu **COMUNICADOR DE PULSERA**? Dile a Allena que nos teletransporte cuanto antes…

Mi hermana negó con la cabeza.

—La comunicación con la **ASTRONAVE** se ha interrumpido. Este planeta crea una extraña interferencia. Pero ¡seguiré intentándolo!

—¡Procura que no te descubran! —le respondí inquieto—. Si no, nos arrojarán a todos al **FLURK**… ¡sea eso lo que sea!

A continuación, me volví disimuladamente hacia **PHILLUS** y le pregunté:

—Phillus, ¿las skrikke son... comestibles para los roedores?

Él me respondió:

—¡Las estoy analizando, capitán! Pero aún no he terminado...

Entonces le dije a mi primo Trampita:

—Procura averiguar de qué está hecho este castillo... ¡desprende un **EXTRAÑO OLOR**!

Y, finalmente, me dirigí a Benjamín y Pandora:

—Permaneced atentos, dentro de poco seremos **TELETRANSPORTADOS** a casa, a la Rat Galaxy... ¡por patas!

¿LAS SKRIKKE SON COMESTIBLES?

¡TODO ESTÁ HECHO
DE FLURK!

Al cabo de unos instantes, sentí que me pellizcaban la cola. ¡Y… me **SOBRESALTÉ**!
Me volví de improviso y vi a Esmeráldika, que había regresado y me sonreía maliciosa:

—¡Qué colita tan bonita tienes, Geronimik! En serio ¿sabes que eres un roedor muy atractivo? Si no fuera por esas orejitas excesivamente **pequeñas**… y esa naricita tan cortita… Pero ¡me gustas igual, por supuesto!

Yo me ruboricé… me sentía **CORTADO**.

Pero ella soltó una risita:

—Qué dulce eres, ¿los halagos te hacen enrojecer? Ven, siéntate a mi lado, en el lugar del Gran

Consejero… ¡**MUSKOLIK** puede sentarse en cualquier otro lado! ¿Verdad, Muskolik?

El Gran Consejero Muskolik oscureció de **RABIA**… ¡La reina no sólo no se dignaba a dedicarle una sola **MIRADA**, sino que, encima, me hacía sentar a *mí* en *su* sitio!

Pero lejos de estallar, el Gran Consejero hizo una reverencia y respondió:

—¡Por supuesto, Alteza, vuestros deseos son órdenes para mí!

ESMERÁLDIKA esbozó una gran sonrisa y me hizo sentar a su lado.

—Mi apuesto capitán, ahora *probarás* lo mejor de la cocina flurkoniana: comenzaremos con los aperitivos con

¡GRRR!

SOPA DE SKRIKKE

ASADO DE SKRIKKE

STRUDEL DE SKRIKKE

FLAN DE SKRIKKE

SKRIKKE AL CARAMELO

mantequilla de **SKRIKKE**, después vendrá la sopa de **SKRIKKE** con picatostes de **SKRIKKE**, luego albóndigas de **SKRIKKE**, asado de **SKRIKKE**, y al final strudel de **SKRIKKE**, flan de **SKRIKKE** y **SKRIKKE** al caramelo…

Mientras ella me hablaba, yo observaba a mi querido primo Trampita que… ¡no paraba de **OLISQUEAR** su plato, su vaso e incluso la mesa y también la silla!

Raro, muy **raro**, **irarísi-MO!** Parecía como si quisiera… ¡comérselos!

Intrigado, me fijé con más detenimiento en mi plato. Parecía hecho de… **¡QUESO!**

Después probé a olfatearlo y sin la menor duda olía a... ¡QUESO!

Estaba a punto de morderlo, sólo para comprobarlo, cuando Esmeráldika, escandalizada, gritó:

—Pero ¿qué haces, Geronimik? ¡¿No pretenderás COMERTE el plato?! ¡Qué mala educación! ¡Eso no se come! El plato está hecho de... ¡Flurk!

Me quedé pasmado. ¿Aquello era el Flurk?

¿¡¿EL FLURK ERA...

... QUESO?!?

Pregunté incrédulo:

—Alteza, disculpad mi ignorancia de extranjero, pero... ¿QUÉ ES EL FLURK?

Esmeráldika comenzó a reír, reír, y reír tanto, que su trompa daba saltitos.

—¡JI! ¡JI! ¡JI!

Y, al igual que ella, todos los extraterrestres de su séquito comenzaron a reírse...

—¡JI! ¡JI! ¡JI! ¡JI! ¡JI! ¡JI! ¡JI!
¡El único que no reía era Muskolik! Puede que se hubiera OFENDIDO, porque me había sentado en su silla… ¡La verdad era que me miraba MUY MAL!

Esmeráldika y sus cortesanos rieron hasta las LÁGRIMAS. Al fin, la reina se enjugó los tres ojos con tres pañuelos distintos y ordenó:

—¡Ahora, basta de risas!

Los cortesanos alienígenas se callaron de inmediato y se pusieron serios de golpe.

La reina me dio un golpecito afectuoso con la trompa y me dijo:

—¡Querido Geronimik, eres muy DIVERTIDO! Y a los flurkonianos nos gustan los tipos que nos hacen reír…

A continuación, hizo llamar a **NIK** y **NOK**.

—¡Y vosotros dos, so memos —les dijo—, ya que os he perdonado la vida, a ver si sois útiles y le explicáis a mi *novio* extranjero qué es el Flurk!

—¡El Flurk es amarillo! —dijo Nik.

—¡El Flurk sale del **VOLCÁN**! —añadió Nok.

Y ambos a la vez dijeron:

—El Flurk hirviendo que sale del volcán se vierte en el gran depósito de la nave ESPACIAL y se usa como carburante...

Y, a continuación, Nik añadió:

—Pero cuando el Flurk se enfría, rápidamente se vuelve **DURÍSIMO** y sirve para hacer las casas... ¡y todo lo demás!

Y Nok explicó:

—¡Este palacio está hecho de **FLURK**!

Y Nik dijo:

—¡Los platos y los vasos también están hechos de **FLURK**!

Y Nok añadió:

—Las mesas y las sillas también están hechas de **FLURK**...

Y ambos a coro dijeron:

—¡Todo está hecho de **FLURK**!

Pero en ese momento sucedió algo tremendo.

Mi primo Trampita se puso en pie y gritó:

—Pero ¡qué Flurk ni qué Flurk, esto es queso!

Y ante la **HORRORIZADA** mirada de los alienígenas, mi primo… ¡empezó a **ROER** un plato!

Esmeráldika y toda la corte lo miraron **es-
candalizados**… Él único que sonreía
con sarcasmo era… ¡Muskolik!

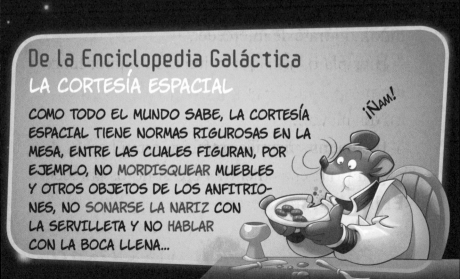

De la Enciclopedia Galáctica
LA CORTESÍA ESPACIAL

COMO TODO EL MUNDO SABE, LA CORTESÍA
ESPACIAL TIENE NORMAS RIGUROSAS EN LA
MESA, ENTRE LAS CUALES FIGURAN, POR
EJEMPLO, NO MORDISQUEAR MUEBLES
Y OTROS OBJETOS DE LOS ANFITRIO-
NES, NO SONARSE LA NARIZ CON
LA SERVILLETA Y NO HABLAR
CON LA BOCA LLENA…

¡Ñam!

UN PASTEL DE QUESO, PERDÓN, ¡DE FLURK!

Esmeráldika se puso **FURIOSA**, blandió el cetro de oro y gritó **AMENAZANTE**:

—¡El extranjero del mono amarillo nos ha ofendido! ¡Llevadlo de inmediato al volcán y arrojadlo al **FLURK** hirviente! ¡Ahora mismo!

¡Por mil galaxias, menudo lío!

—¡Alteza, perdonadlo! Mi primo se ha confundido… —traté de interceder.

ESMERÁLDIKA miró a Trampita, luego me miró a mí, después volvió a mirarlo a él, a mí de nuevo…

Y finalmente me preguntó:

—¿Tu primo has dicho? Pero si no os parecéis **EN NADA**…

—¡Os lo ruego, Alteza —respondí yo—, no lo arrojéis al Flurk! Mi primo Trampita ha roído el plato porque para nosotros el **QUESO**, perdón, el Flurk... ¡es comestible!

Esmeráldika se rió:

—¿Vosotros os COMÉIS el Flurk? Mira que llegáis a ser raros, extranjeros...

—Ejem, la verdad es que sí, comemos Flurk, pero sólo porque, desgraciadamente, ¡no tenemos... **SKRIKKE**! —respondí muy diplomático.

Entonces, Esmeráldika sonrió.

—Pobrecito capitán, forzado a tener que alimentarse de Flurk... prueba este **bocadito** con mantequilla de skrikke...

Entonces cogió de una bandeja un canapé con una **CREMA** marrón y me lo puso en la boca... ¡**POR MIL QUESOS DE BOLA LUNARES**, estaba comiendo un alimento alienígena y... ni siquiera sabía lo que era!

Me imaginé, por este orden:

1) que las skrikke me llenarían todo el cuerpo de muchísimas AMPOLLAS…

2)… que me harían crecer una **trompa**…

3)… ¡que me volvería… de color… **AZUL**!

Entonces mastiqué lentamente… **¡PREOCUPADO!**

Luego tragué… **¡PREOCUPADO!**

A continuación, esperé a ver qué efecto me producían las skrikke… **¡PREOCUPADO!**

Y ¿sabéis qué?

¡Aquel canapé de skrikke estaba muy **RICO**!
¡Sabía a mantequilla de cacahuete!

Tea me susurró:

—Tranquilo, Geronimo, PHILLUS

ha analizado las plantas y ha conclui-
do que... **LAS SKRIKKE NO
SON MÁS QUE...
¡CACAHUETES!**

Esmeráldika me observaba.

Al fin, comenté:

—¡Qué ricas están estas skrikke!

Esmeráldika lanzó un suspiro de alivio:

—¡Menos mal que te gustan las **SKRIKKE**! ¡Si
llegas a decirme que querías comer Flurk, hubiera tenido que arrojarte al volcán!

Y lo habría sentido mucho... **¡eres tan
mono!** Pero ¡dile al memo de tu primo que no
mordisquee los platos, que me está estropean-
do la vajilla de las celebraciones solemnes!

En seguida llegaron otros platos y el banquete resultó espléndido. Las **especialidades** a base de skrikke estaban deliciosas, aunque estar rodeados de todo aquel exquisito **QUESO** y no poderle dar ni un triste mordisquito suponía una tentación... **¡IRRESISTIBLE!**

Casi al final de la cena, noté que Trampita tenía cierto aire de... **¡CULPABILIDAD!**

De pronto, me sentí tan preocupado que se me erizó el pellejo: pero ¿qué habría hecho esta vez, mi primo? ¿Acaso había vuelto a meterse de nuevo en otro LÍO?

Vi a un camarero que corría alarmado hacia Esmeráldika y le murmuraba algo al oído.

Al momento, la reina dirigió sus tres OJOS hacia Trampita.

¡Parecía FURIBUNDA!

—¡Apresad al extranjero del mono amarillo y arrojadlo al **FLURK HIRVIENTE**! —gritó.

Mis peores temores se confirmaron: ¡Trampita había vuelto a hacer de las suyas! ¡Había **MOR-DISQUEADO** la pata de una mesa!

¡Pobre de mí, ahora la **REINA** nos arrojaría a todos al Flurk!

Y entonces, **DE REPENTE**, tuve una idea.

—Alteza —dije—, disculpad a mi primo Trampita, para nosotros los roedores el **QUES**… Ejem… quiero decir… el Flurk ¡es una tentación **IRRESISTIBLE**! —Y proseguí con mi explicación—: Mi primo Trampita es un ratón muy comilón. En cuanto ve el Flurk es incapaz de **CONTENERSE**…

Trampita asintió con la cabeza:

—¡Es cierto! ¡Totalmente cierto! No hay nada más cierto…

Y concluí:

—Alteza, si lo perdonáis, ¡mi primo os ofrecerá un espectáculo... de MAGIA! —Entonces me dirigí a Trampita y le dije—: Primo, ¿a que eres un **GRANDÍSIMO** prestidigitador? Mi primo respondió orgulloso:

—**¡SOY EL MEJOR DE TODAS LAS GALAXIAS, MAJESTAD!**

POLVO DE ESTRELLAS Y AROMA DE QUESO...

Trampita se sacó de un bolsillo su ultra-micro-kit-plegable-portátil de prestidigitador estelar y murmuró:

—Ya sabía yo que algún día este kit iba a resultarme útil...

Se puso la **CHISTERA** plegable, la capa portátil, los **Guantes** y sujetó la varita. Luego **SALTÓ** encima de una gran mesa, a modo de escenario, y empezó diciendo:

—¡Estimados señores y señoras flurkonianos, soy **Trampita Stiltonix**, Mago de las Galaxias! —Hizo revolotear la **capa** y añadió—: ¡Hoy serán los afortunados espectadores de una **MAGIA** sin par!

Los extraterrestres de la corte parecían muy interesados y también Esmeráldika lo observaba atentamente con sus tres **OJOS**.

Trampita dijo:

—En primer lugar, haré desaparecer este pastel de skrikke...

A continuación, metió la **TARTA DE SKRI-KKE** en la chistera, le dio la vuelta con gesto experto y... ¡la tarta ya no estaba!

Los alienígenas de la corte exclamaron a coro:

—*¡OHHHH! ¡OHHHH! ¡OHHHH!*

Trampita exclamó con orgullo:

—Observen con atención mi chistera, está vacía, **¡COMPLETAMENTE VACÍA!**

—¡Muskolik, comprueba que está vacía! ¡Esa tarta de skrikke tiene que estar en **ALGUNA PARTE**! —dijo Esmeráldika.

Muskolik se puso en pie con aire contrariado, para hacer las comprobaciones:

—¡La chistera está **VACÍA**, Majestad!

Los cortesanos también se levantaron uno tras otro para comprobarlo, y afirmaron todos a una:

—¡Pues está vacía, Majestad, **COMPLE-TAMENTE VACÍA**!

¡ESTÁ VACÍA, COMPLETAMENTE VACÍA!

Trampita sonrió satisfecho.

—¡Ya lo han visto, señoras y señores del **PÚBLICO**! No hay truco, ni engaño, ¡sólo auténtica magia estelar! Majestad, podéis mirar vos también...

Y diciendo esto, se acercó a Esmeráldika.

Cuando estuvo literalmente bajo sus narices —o, mejor dicho, bajo su trompa—, GOLPEÓ tres veces la chistera con la varita...

¡TOC! ¡TOC! ¡TOC!

Y a continuación pronunció solemnemente las palabras mágicas:

—¡Polvo de estrellas y aroma de queso, para vos esta ROSA, suave como... un beso!

¡E hizo aparecer una bonita rosa amarilla, que ofreció a la REINA con una reverencia!

Esmeráldika aplaudió y dijo:

—¡Qué galante! ¡Bravo!

SUSPIRÉ aliviado. ¡Mi primo lo estaba haciendo muy bien!

Esmeráldika le dijo entonces:

—Mago, ¡te ordeno… que hagas más MAGIA, haz desaparecer otra cosa!

Y los alienígenas de su séquito le pidieron a coro:

—¡Vamos, Mago, muéstranos tu magia de nuevo, haz que DESAPAREZCA algo más!

Muskolik era el único que no decía nada…

Permanecía sombrío en un rincón.

Por un instante, presentí que tal vez estuviese TRAMANDO…

Trampita, al ver que el público le aplaudía, decidió emplearse a fondo…

¡Ojalá no lo hubiera hecho!

Con tono solemne, anunció:

—Para este truco necesito alguna pieza de mucho valor… Majestad, ¿podríais darme vuestra… corona?

Esmeráldika, **perpleja**, abrió de par en par sus tres ojos. No quería quitarse la corona, pero sentía **CURIOSIDAD** por ver qué haría Trampita, y al final se la entregó.

—Mago, ¡te aconsejo que trates bien mi corona, de lo contrario ordenaré que te arrojen al **FLURK**!

Trampita la tranquilizó:

—¡No temáis, Majestad! Mirad aquí…

¡TOC! ¡TOC! ¡TOC!

ANTES

DESPUÉS

En cuanto la varita se detuvo, Trampita giró la chistera y... ¡la corona había desaparecido!

La reina se mostró menos sorprendida que la primera vez, no APLAUDIÓ como la primera vez, en fin, parecía menos entusiasmada... ¡que la primera vez!

Dijo **AUTORITARIA**:

—Muy bien, Mago, ya la has hecho desaparecer, ahora, ¡devuélvemela!

Trampita GOLPEÓ la chistera con su varita y dijo:

—Ya está, Majestad, la corona está justo aquí, en la chistera... ¡mirad!

Esmeráldika **MIRÓ**... VOLVIÓ A MI-RAR... y MIRÓ una vez más...

Y entonces gritó:

—¡No hay nada! ¡Mi corona ha desaparecido!

Yo también miré.

¡Y, EN EFECTO, NO ESTABA!

La chistera estaba completamente... VACÍA...

La reina estalló:

—No bromees más conmigo, Mago, ¡haz que aparezca mi corona!

Trampita masculló:

—No lo entiendo, la había escondido debajo de la mesa, pero... ¡ya no está!

¡POR TODOS LOS PLANETAS DEL SISTEMA SOLAR!

¡Trampita había perdido... la corona de la reina! Esmeráldika se puso en pie, alzó el cetro de oro y exclamó:

—¡ENCERRAD a los extranjeros en la prisión! ¡Hasta que devuelvan la CORONA, no irán a ninguna parte!

Yo traté de calmarla:

—Creedme, Majestad, debe de haber un error, busquémosla bien. Tal vez la ᴄᴏʀᴏɴᴀ haya rodado hasta un rincón…

Pero ella me respondió:

—Mi apuesto capitán, me caías bien, pero si la corona no aparece, será vuestro fin… ¡Todos seréis arrojados al **FLURK**!

Yo insistí en nuestra inocencia:

—¡Os doy mi palabra de roedor, no somos ladrones, somos ratones, de bien!

Muskolik se acercó con **PÉRFIDA** expresión:

—¡Majestad, apuesto a que Geronimik ha **ESCONDIDO** la corona! ¡Lo habrá hecho, mientras su primo os distraía…!

Yo me apresuré a desmentirlo:

—¿Eso no es cierto!

Esmeráldika parecía perpleja.

No sabía si creerme a mí o al Gran Consejero **MUSKOLIK**…

Se rascó la cabeza, sacudió las orejas, hizo girar la **trompa** y sentenció:

—¡Me gustaría poder creer a Geronimik, que es una monada de capitán, pero Muskolik es mi Gran Consejero! Por tanto, **ORDENO**...

—**YO ORDENO**... —repitió.

—**YO ORDENO**... —volvió a repetir.

¡Por todos los cráteres de Marte, me zumbaban los bigotes de la tensión!

FINALMENTE, la reina Esmeráldika concluyó:

—Ordeno que, para decidir cuál de los dos tiene razón, el Gran Consejero Muskolik y el <code>capitán</code> Geronimik ¡se enfrenten mañana en un partido de golf! ¡Quien gane, podrá hacer lo que le plazca!

Abrí los ojos como platos. Pero antes de que pudiera replicar, ella añadió, como si hubiera tenido una idea estupenda:

—¡Y eso no es todo! ¡El vencedor se convertirá en mi esposo! Y el perdedor... bueno, ¡el perdedor será **ARROJADO** al Flurk!

Después, antes de marcharse, dijo:

—¡Sargento **NIK**, cabo **NOK**, haced algo de provecho y escoltad a estos alienígenas a las mazmorras del castillo! —A continuación, se

¡ESTO ES LO QUE HE DECIDIDO!

¡GLUB!

dirigió a mí—: Lo siento, bigotitos, pero es probable que acabes en el Flurk... ¡A no ser que mañana derrotes a Muskolik! Desde luego, él es nuestro campeón planetario de golf... pero ¡a lo mejor, tú también resultas ser virtuoso! ¿Dime, eres bueno jugando al golf, Geronimik?

¡YO NO ERA BUENO!
ERA... ¡UN COMPLETO DESASTRE!

¿Por qué, por qué, por qué había tenido que acabar en aquel extraño planeta? ¡Yo no soy un ratón demasiado valiente!

Cuando se marchaba, Esmeráldika dijo:

—Voy a ocuparme de los preparativos de la boda... ¡Qué bien, *mañana me caso*!

A saber quién será mi afortunado consorte...

Nosotros, mientras tanto, íbamos camino de la prisión.

¡SEREMOS SILENCIOSOS COMO FELINOS, TIÍTO!

El sargento Nik y el cabo Nok nos escoltaron hasta la prisión, en los **SÓTANOS** del palacio real. El castillo estaba hecho de Flurk y la mazmorra también era de **FLURK**...

¡Vamos, que la cárcel era... de queso!

Mientras cerraban con llave la puerta, Nik y Nok dijeron en **VOZ BAJA**:

—Sentimos tener que encerraros en la cárcel, habéis sido tan buenos y generosos con nosotros... ¡Nos salvasteis cuando la **REINA** quería arrojarnos al Flurk!

—Vosotros no tenéis la culpa, solamente cumplís **órdenes**... —les respondí.

Al quedarnos solos, le pregunté a Tea:

—¿Has logrado contactar con *Allena*? ¡Si nos teletransporta ahora, estamos salvados!

—Tengo una noticia BUENA y otra MALA... —respondió ella.

¡Por todas las nebulosas de Urano, no soporto las malas noticias cuando estoy preso en un PLANETA HOSTIL!

Mi hermana siguió explicando:

La mala noticia es que resulta imposible contactar con la Rat Galaxy...

—**¿QUÉ QUÉ QUÉ...?** —grité yo—. ¿Imposible? ¿Y cuál es la buena noticia?

—¡La buena noticia es que me puse de acuerdo con Allena antes de partir! Si no tiene noticias **nuestras**, nos teletransportara a nuestra nave, exactamente dentro de... —respondió Tea.

Hizo una pausa para mirar el reloj y luego dijo:

—¡Nos TELETRANSPORTARÁ exactamente dentro de 24 horas, 24 minutos y 24 segundos estelares!

Yo le respondí:

—¡POR TODAS LAS ESTRELLAS CANDEN-TES! ¡Dentro de 24 horas ya nos habrán arrojado al Flurk! —Entonces le pregunté a Trampita—: ¿Dónde perdiste la corona?

—¡No la he perdido! —replicó ofendido—. ¡Soy un mago profesional! ¡Seguro que uno de los alienígenas me la birló ante mis propias narices!

¡NO LA HE PERDIDO!

Su respuesta me dejó perplejo:

—¿Qué? ¿Un ALIENÍGE-NA? —Y añadí meditabundo—: ¡Si lográramos salir de esta CELDA! ¡Podríamos buscar la corona, devolverla y marcharnos!

Phillus intervino:

—¡Capitán, he analizado la composición de la mazmorra! ¡Está hecha de FLURK o, lo que es lo mismo, de queso purísimo!

—Dinos algo que **NO SEPAMOS**...
—masculló Trampita.

Pero Phillus no se dejó distraer y prosiguió:

—Según mis cálculos, las paredes tienen un espesor de **7.303.746.352.959** decímetros... Si quisiéramos excavar un túnel lo bastante grande para que pudiéramos pasar todos, deberíamos roer al menos... durante **¡28 HORAS!**

Desconsolado, dije:

—Pero ¡no disponemos de **¡28 HORAS!** ¡Mañana por la mañana perderé el partido de golf y nos arrojarán al Flurk!
¡POR LAS MIL LUNAS DE SOLARIS, no quería acabar convertido en *fondue*!

Phillus sacudió las hojas de su cuerpo y dijo:

—Capitán, siento contradecirlo, pero...

—Pero... ¿qué? —pregunté, intrigado.

Y PHILLUS explicó:

—Según mis cálculos, si en vez de excavar un túnel tan **GRANDE**, hacemos otro más pequeño, podríamos conseguirlo en… ¡**4 HORAS** a lo sumo!

Yo dije perplejo:

—Muy bien, pero ¿qué haremos con un TÚ-NEL más pequeño? ¡Si no podemos pasar por él, será inútil!

Benjamín intervino:

—¡Pandora y yo somos pequeños! ¡Podemos **ESCAPARNOS** por el túnel y buscar la corona!

—**¿QUÉ QUÉ QUÉ?...** —grité yo—. ¿Mandar a dos niños solos a una misión en un planeta hostil? ¡De ningún modo!

De la Enciclopedia Galáctica
FELINOIDE DEL PLANETA GATOALACECHO

HABITANTE DEL PLANETA GATOALACECHO, TIENE EL ASPECTO DE UN GRAN FELINO MULTIAR-TICULADO (¡POSEE SEIS PATAS!). ¡SE MUEVE SIEMPRE CON CAUTELA Y EN SILENCIO!

Pero Benjamín y Pandora insistieron:

—¡Te lo ruego, tiíto, TENDREMOS MUCHO cuidado! ¡Nadie nos verá! ¡Seremos invisibles como galaxias remotas, huidizos como estrellas fugaces, silenciosos como felinoides del planeta Gatoalacecho!

Trampita estuvo de acuerdo:

—Benjamín y Pandora tienen razón, Geronimo, ¡deja que vayan!

Y Tea lo apoyó:

—Es nuestra única posibilidad de salvación...

—No tendrán problemas para orientarse —dijo Phillus, finalmente—. ¡Durante la cena he dibujado un plano del castillo!

Todos mis compañeros estaban de acuerdo, de modo que me vi obligado a decir... ¡SÍ!

OJALÁ ESTUVIESE AQUÍ MI ABUELO TORCUATO...

¡Nos pasamos horas ROYENDO el muro de la celda! Era fácil: ¡se trataba de roer queso! Al fin, nos despedimos de Benjamín y Pandora.

—¡Ya podéis **HUIR**! Pero ¡tened muchísimo cuidado, chicos! ¡No dejéis que los flurkonianos os atrapen!

Benjamín me abrazó:

—No te preocupes por nosotros, tiíto, ¡**LO CONSEGUIREMOS**!

Luego se metió con Pandora en la **OSCURA** galería y rápidamente desapareció. Apilamos nuestras mantas en las camas de Benjamín y Pandora, para que pareciese que estaban DURMIENDO. ¡Desde lejos lo parecía!

A la mañana siguiente, el sargento **NIK** y el cabo **NOK** abrieron la puerta de la celda.

Ambos dijeron a coro:

—¡Por orden de la reina, debemos conducir al capitán Geronimik al campo de golf!

—¡Yo también voy! —dijo Tea de pronto—. ¡Soy su CADDIE!*

La miré perplejo, pero ella no me dio tiempo a replicar y dijo:

—Querido Geronimo, ¿verdad que necesitas un CADDIE?

Yo le seguí la corriente:

—Ejem, por supuesto que lo necesito, lo necesito ABSOLUTAMENTE... Es más, ahora mismo me estaba preguntando: ¿cómo me las apañaré sin un CADDIE?

Nik y Nok intercambiaron una mirada vacilante y al final respondieron a coro:

—¡Exacto, todo jugador de golf que se precie ha de tener su *caddie*!

Cuando llegamos al campo de GOLF, nos esperaba una multitud de ALIENÍGENAS.

¡Todos tenían curiosidad por saber quién se casaría con la reina!

*El caddie es el encargado de llevarle los palos al jugador de golf.

¡POR TODAS LAS MOTAS DE POLVO CÓSMICO, pero ¿cómo había acabado metido en aquel berenjenal?!

¡Yo no es que sea precisamente un ratón muy atlético! ¡Siempre he anhelado ser *escritor*!

—¡No sé jugar al golf! —le dije a Tea, en voz baja—: ¡Ojalá estuviese aquí el abuelo Torcuato! Él sí que es un campeón de golf. Yo, en cambio, soy...

¡UN AUTÉNTICO DESASTRE!

Mi hermana esbozó una sonrisita:

—No te preocupes, Geronimo, ¡te tengo reservada una SORPRESA!

¡SOY UN DESASTRE JUGANDO AL GOLF!

El golf que practicaban en el planeta Flurkon era igual que el que yo conocía, salvo que la pelota era de... ¡FLURK!

Y los palos también eran de ¡FLURK!

Y el palo de la bandera era de ¡FLURK!

El campo, en cambio, era de hierba, con plantitas de SKRIKKE. Las skrikke, también conocidas como cacahuetes.

Muskolik fue el primero en jugar el hoyo número uno. ¡Y su pelota quedó a pocos centímetros del **AGUJERO**!

¡La mía, por el contrario, se detuvo en una zona llena de ARENA!

Muskolik ganó el hoyo en dos golpes.

YO, EN CAMBIO...

Empleé 11 golpes para salir de la arena…

Posteriormente tuve que dar otros 12 para aproximarme a la bandera…

¡Y otros 13 para meter la bola en el agujero!

¡UN DESASTRE!

Tenía la moral por los suelos.

¡Por mil miniplanetas fuera de órbita, Muskolik era un auténtico **campeón**!

¡YO, EN CAMBIO, ERA UN DESASTRE!

¡Nunca lograría vencerle!

¿POR QUÉ no estaría allí mi abuelo Torcuato? Él habría sabido qué hacer…

Y en ese instante, una voz que yo conocía desde pequeño, gritó:

—¡Qué nieto tan zoquete! ¡Deja ya de *LLO-RIQUEAR* y demuestra que eres un verdadero capitán estelar! ¡Tienes que ganar este partido y salvar a tu *tripulación*!

¡QUÉ NIETO TAN ZOQUETE!

¡Era él! ¡Era la voz del abuelo Torcuato! Pero… ¡¿cómo era eso posible?! ¡Él no había bajado al planeta Flurkon con nosotros!

Me **VOLVÍ** de golpe y dije:

—Abuelo Torcuato, ¿eres tú de verdad?

Pero ¡el abuelo no estaba!

Sólo estaba Tea... ¡y SONREÍA!

Mi hermana dijo:

—¡Estaba segurísima de que ibas a necesitar al **ABUELO**! Así que, a partir de ahora, te diré lo que te diría él... ¡imitando su voz!

—¿Cómo logras **imitar** tan bien su voz? ¡Sonabas igual que él!

Satisfecha, Tea me mostró un minúsculo artefacto parecido a un **MICRÓFONO** y me explicó:

—Esto es un súper-micro-imitador de voces que me ha prestado Trampita. Él lo emplea para hacer de ventrílocuo en sus espectáculos de magia...

Acto seguido, me gritó con el vozarrón del abuelo Torcuato:

—¡Geronimo! No flexionas lo suficiente las **PATAS**... y tienes la cabeza demasiado alta... separas demasiado las manos al sujetar el palo... y no hablemos de la cola... ¡la tuerces en exceso!

NO SÉ CÓMO, PERO... ¡FUNCIONÓ!

¡Con los consejos del abuelo Torcuato, quiero decir de Tea, empecé a jugar mejor!

Efectivamente, un **AGUJERO** tras **OTRO**, fui recuperándome, ¡hasta llegar al comienzo del último hoyo... **EMPATADOS**!

Ambos estábamos cerca del banderín. Los alienígenas de la corte tenían todos sus **OJOS** puestos en nosotros.

MUSKOLIK se abanicaba con las orejas, de tan tenso que estaba. Cogió un palo y golpeó la pelota.

Durante un largo, *larguísimo* instante la vi correr hacia la bandera, hasta que... ¡entró en el hoyo!

El Gran Consejero Muskolik se enderezó **satisfecho** y me miró desafiante con sus tres ojos como diciéndome:

—¡A ver si eres capaz de superarlo!

A mí me **temblaban** las piernas...

Me sudaban las patas...

¡Y los bigotes me **zumbaban** del canguelo!

Pero Tea, con la voz del abuelo, gritó:

—¡Zopenco de nieto, te ordeno que metas la bola en ese agujero! Piensa en tus compañeros, piensa en tus queridos Benjamín y Pandora... **¡NO ME DECEPCIONES, NIETO!**

¡O ya no serás digno de llamarte Stiltonix!

Me concentré al máximo y afiné la puntería, pero justo antes de golpear... aprovechando un momento en que la reina Esmeráldika estaba distraída, ¡Muskolik me puso la zancadilla! **FALLÉ** el golpe... ¡Había... **PERDIDO!** ¡Nos arrojarían a todos al Flurk!

ESMERÁLDIKA se acercó con una sonrisa a Muskolik y declaró:

—¡Ya tenemos vencedor!

Muskolik agitó las orejas con orgullo.

¡Un brillo TRIUNFAL refulgía en sus tres ojos!

Poco después, la reina vino a mi encuentro, me miró y dijo:

—Lástima, eres tan mono, casi me disgusta tener que arrojarte al FLURK… Pero ¡ya está decidido! ¡Prendedlo!

Todos los de la corte se alegraron, salvo Nik y Nok: ¡ellos eran los únicos ALIENÍGENAS en todo el planeta que no deseaban ver cómo nos arrojaban al Flurk!

¡MATRIMONIO A LA VISTA!

Estábamos a punto de ser arrojados al Flurk. Ya veía a mis pies el cráter de queso fundido e **HIRVIENTE**, cuando, de pronto, ¡llegaron corriendo mi sobrinito Benjamín con su amiga Pandora!

Benjamín gritó:

—**¡QUE NADIE SE MUEVA!**

¡Hemos encontrado la corona!

¡Me **VOLVÍ**!

¡Trampita, Tea y Phillus se **VOLVIERON**!

¡Y Esmeráldika, Muskolik y todos los alienígenas de la corte también se **VOLVIERON**!

¡Era cierto… Benjamín llevaba en la mano la corona de la **REINA**! ¡Estábamos… salvados!

—¡Mi corona! —gritó Esmeráldika—. ¿Dónde la habéis **ENCONTRADO**?

—¡Estaba oculta en el armario de **MUSKO-LIK**! —respondieron Benjamín y Pandora.

Esmeráldika puso los ojos en blanco…

Parecía **SORPRENDIDA**, muy sorprendida, *muy muy muy* sorprendida…

Entonces, la reina le preguntó al Consejero:

—Muskolik, ¿es cierto lo que dicen estos niños?

La trompa de Muskolik se puso **azul oscuro** de la turbación… Después **turquesa**, de vergüenza… Después **azul claro** de miedo… Y por fin respondió con la cabeza gacha:

—¡Es cierto, Majestad! Esmeráldika sacudió las orejas, ***ESTUPEFACTA***, y preguntó:

—Muskolik, ¿por qué lo has hecho?

Y él, entrecerrando tímidamente sus tres ojos, confesó:

—Lo he hecho porque... *¡os amo! ¡Siempre os he amado!* Vuestros

tres ojos son profundos como una supernova,*
vuestra trompa es **SINUOSA** como la cola de un
cometa y vuestra piel resplandece como una
estrella...

Esmeráldika, complacida, le dijo:

—¡Qué romántico! Pero ¿por qué has hecho desaparecer la corona?

—Majestad —dijo Muskolik—, vos sólo teníais ojos para el **capitán** Geronimik, queríais casaros con él... ¡Estaba celoso!

Esmeráldika apoyó **suavemente** la trompa en su hombro y le susurró:

—Muskolik, Consejero mío, ¿por qué nunca me confesasteis vuestro amor?

Y él, mirando directamente con sus tres ojos los ojos de la reina, le respondió:

—Porque soy... **¡TÍMIDO!**

Esmeráldika esbozó una sonrisa coqueta, hizo aletear sus pestañas y dijo:

* El término supernova indica una explosión de estrellas.

—¡Qué cosa tan tierna! Tenía un **admirador** secreto y no lo sabía…
MUSKOLIK se armó de valor, se arrodilló y preguntó con **VOZ** solemne:

—Majestad, ¿queréis casaros conmigo?

Esmeráldika respondió:

—¡Síiiiiiiiii!

¡MI AMADA!

A continuación, se dirigió a mí y dijo:

—Mi apuesto capitán, las cosas entre nosotros no habrían funcionado, somos bastante distintos. Por ejemplo, vosotros preferís el **FLURK** a las **SKRIKKE**… ¡Así que, al final, he decidido que me casaré con Muskolik! ¿Tienes algo que objetar?

Yo me apresuré a decir:

—¡Apreciada Majestad, estoy totalmente de acuerdo con vos!

¡**QUÉ ALIVIO**, la ligera idea de casarme con Esmeráldika me ponía el pellejo de punta!

La reina anunció:

—¡Mañana me caso!

¡Todos aplaudieron!

Y yo pregunté, titubeante:

—Majestad, ahora que ya volvéis a tener vuestra preciada CORONA, ya no nos arrojaréis al Flurk, ¿verdad?

¡SIEMPRE HE SOÑADO CON SER ESCRITOR!

No fuimos arrojados al Flurk. ¡Al contrario, Esmeráldika incluso nos invitó a su *boda*!

Todos participaron, también el abuelo y Allena, que se unieron a nosotros en el TELETRANSPORTIX.

Los festejos duraron tres días y tres noches. ¡Bailamos hasta tener AMPOLLAS en las patas!

¡Todos juntos, abrazados, cantamos CANCIONES ALIENÍGENAS a voz en cuello!

Probamos SKRIKKE cocinadas de todas las formas posibles… ¡ñam!

Y al final, descubrimos que la misión ultrasecreta de NIK y NOK era encontrar un fertilizante especial para las plantas de skrikke.

PHILLUS, nuestro científico de a bordo, elaboró un **fertilizante** especialmente pensado para las plantas de skrikke...

Los alienígenas se pusieron contentísimos, y en agradecimiento nos regalaron... ¡todo un cargamento de Flurk!

Y lo cierto es que nos vino de perlas, si tenemos en cuenta que en la RAT GALAXY... ¡nos habíamos quedado sin queso!

Cuando regresamos todos juntos a la astronave, solté un SUSPIRO de alivio.

Ya estaba harto del planeta Flurkon...

Al final, en cuanto abrí la puerta de mi cabina, exclamé:

—**¡Qué bien! ¡Por fin en casa!**

En el escritorio me esperaban las notas para mi libro.

Yo no tengo madera de **HÉROE**... En realidad siempre he soñado con ser... *¡escritor!*

Decidí que añadiría un nuevo capítulo a mi l i b r o de aventuras… Pensaba titularlo «*La extraterrestre y el capitán Stiltonix*». Quién sabe, a lo mejor mis adorados lectores disfrutarían leyéndolo…

¡HASTA LA PRÓXIMA AVENTURA!

ÍNDICE

Geronimo Stilton

**Marca en la casilla correspondiente los títulos
que tienes de todas las colecciones de Geronimo Stilton:**

Colección Geronimo Stilton

QUERIDOS AMIGOS Y AMIGAS ROEDORES,
ME DESPIDO HASTA EL PRÓXIMO LIBRO,
QUE SIN DUDA SERÁ UN LIBRO BIGOTUDO,
PALABRA DE STILTONIX...